KB172153

푸른사상
시선

96

버릴까

홍 성 운 시조집

푸른사상
PRUNSASANG

푸른사상 시선 96

버릴까

초판 1쇄 · 2019년 1월 5일 | 초판 2쇄 · 2019년 7월 15일

지은이 · 홍성운
펴낸이 · 한봉숙
펴낸곳 · 푸른사상사

주간 · 맹문재 | 편집 · 지순이, 김수란 | 마케팅 · 김두천
등록 · 1999년 7월 8일 제2-2876호
주소 · 경기도 파주시 회동길 337-16(서패동 470-6) 푸른사상사
대표전화 · 031) 955-9111(2) | 팩시밀리 · 031) 955-9114
이메일 · prun21c@hanmail.net/prunsasang@naver.com
홈페이지 · http://www.prun21c.com

ⓒ 홍성운, 2019

ISBN 979-11-308-1398-1   03810

값 9,000원

푸른사상 시선 96

버릴까

매미 소리가 여름을 깊게 하듯
쓰르라미 한 마리가 가을을 끌고 오듯

자연과 인간
감각과 사유
넓이와 깊이

현재도 진행 중인 나의 시적 화두이다

한 편의 시가
광장의 불빛만 하다면
저 사막 카라반의 물병만 하다면

시는 아직 유효하다

거대한 인드라망의 그물코 구슬이거나
어느 오지 마을 우물의 마중물이거나

2018년 12월
홍성운

■ 시인의 말

제1부 참았던 눈물주머니 이 봄날 터지겠느냐

제2부 내 몸과 마음의 집

제3부 누군들 여기에 와 사랑 얻지 못할까

제4부 그런 시 어디 없을까

제5부 변경의 난민인 듯 무국적 집시인 듯

제1부
참았던 눈물주머니 이 봄날 터지겠느냐

달

미루나무

까치집

월세로 세줬나 보다

아파트 불빛들이 하나둘 지워질 즈음

보름달

떡하니 앉아

우듬지가 휘어진다

오랜만에

찾아온

초등학교 친구 같은

창문을 도닥이는 달빛이 반가워서

말없이 따라나선다

길모퉁이

목롯집

봄날, 서성이다

봄날
실오리 햇살
꽃잎
무지 아린

뇌신경
씨줄 날줄 팽팽히 당기며

그 4월
함께 걸었던
길섶을
서성이는

동백꽃 지다

— 강요배 화백

피고

지고

피고 지고

지는 듯 핀다면야

곶자왈 동백꽃이

일순

떨어진들

참았던

눈물주머니

이 봄날

터지겠느냐

괴불주머니

눈길 주면 주는 대로
그냥 가면 가는 대로

바람 막은 담장 어귀
자리 하나 펼치고

섬 햇살 주머니 가득
허리춤에 차는 봄날

민들레

빗장 푼

대궁이 끝

달뜬 솜사탕 같은,

행인 발길 조심하라 노란 조끼 덧입혔던

그 아이 꿈을 먹는다

하얀 꽃씨

날리는

수목장

30년 된 마당 주목, 오늘 화장했다
붉디붉은 속살에서 나이를 가늠하며
사리를 찾을까 하다 그냥 멈추었다

백두대간 사내를 뜬금없이 하산시켜
치솟는 성깔을 죄다 둥글려놓고
금속성 가위 소리도 이냥저냥 견디랬다

살아 천년 죽어 천년, 그러게 요절이다
신은 공평하다 외치는 나무들 앞에
불잉걸 내밀어본다 한 줌 재를 뿌린다

동촌 이용원

20년 전 다녔지만 단골은 아니었다
아파트 생활 20년, 미용실도 한 20년
농가에 짐을 부리니
발이 먼저 찾아간다

어느새 주인은 고희에 접어들고
가끔 뵀던 손님들 안부가 궁금할 즈음
인사도 건네기 전에
가위가 앞서간다

도시 외곽이라
한가할까 싶지만
아들과 협업해도 줄을 서는 사람들
곰삭은 가위질 소리
꽃잎 지듯
잊힐까

한계령에서 온 편지

하늘이 무겁던 날 편지 한 통 받았다
민박집 아궁이에 언 손 녹여 썼을
한계령 간이 우체국
소인이 찍혀 있다

다 삭은 줄 알았던 오래된 불씨 하나
싸락눈이 내리듯 타닥타닥 타올라
한 시대 아픈 기억을
점점이 재생하는

광장엔 촛불이 타고 고원엔 별빛이 타고
세상을 떠도는 데 이골 난 하늬바람
무거운 우편 행낭을
하얗게 풀고 간다

교정의 마지막 2월, '깨어 있자' 다짐하며
산골로 섬으로 흩어졌던 그때 약속
손 편지 행간을 따라
촛불을 켜고 있다

겨울 천리향

『21세기 자본』*을 읽다 마당에 나갔더니
돌확에 고인 물이 아직 얼어 있다
그 곁에 작은 천리향
빙점에서 짙푸른

조금은 알 것 같다, 몇 년째 저랬으니
모두들 움츠릴 때 외려 몸을 추슬러
체온이 데워진 봄날
빈터 와락 물들이겠다

'자본의 무한축적' 내 생각 예서 멈춰
오체투지 굴뚝농성 꽃망울들 신산하다
천리 밖 살얼음 어는
겨울 강물
겨울 자본

* 토마 피케티의 경제학서.

그릇

최북은 구룡연에 황홀경으로 투신하고
고관대작 협박엔 제 눈을 자해하고
종내는 애꾸눈으로 진경산수 혼을 본다

백년을 훌쩍 넘겨 최북의 현신 같은
오베르 교회 종소리, 황금 들녘 까마귀 소리
귀 잘린 자화상 보며 고흐가 껄껄 웃는

눈 찌를 일 귀 자를 일 요즘 있을까만
어느 산수 어느 밀밭 담아낼 그릇 있나
눈 하나 귀 하나로도 화폭이 넘쳐났을

망초꽃

산골의 소낙비는
빈손으로 오지 않아

여름밤 별무리를
한 자루
가득 쟁여

풀벌레
울음 꼭지에
별 총총
풀고
간다

늪

   욕심 좀 부리면 가득 채워야지만 갯버들 굽은 허리에 눈금
을 새겨놓고 국지성 호우가 와도 채울 만큼만 채운다

하늘이나 땅이 아닌 영세중립 수면으로
한낮 정적을 가르며 물총새가 낙하한다
물머리 저리 다치고
산 그림자 휘청이는

떠나간 것들의, 잔 울음은 남아 있어
야행성 식솔들이
가파르게 따라 운다
저 한때
지나는 바람도
발꿈치를 들며 가는

광대야 줄광대야!

봄 햇살을 반기는 곳 어디 오름뿐이랴
양지에 오종종히 모여 앉은 광대나물
바람이 슬쩍 불어도 붉은 상모 돌린다

섬에서 광대 하려면 영등달*도 나서야 한다
칠머리당 영등굿으로 겨우 달랜 제주바람
물 강정 너럭바위에 구렁비낭으로 울고 있다

살다보면 누군들 휘돌고 싶지 않을까
누대를 이어온 섬의 남쪽 강정마을
여기선 빚진 일 없이 모두 죄인이 된다

상모를 돌린다고 광대 소릴 듣겠냐만
바다 막은 금줄 넘어 수평선을 탈까보네
타다가 두름 엮이면 줄광대 아니겠느냐

* 음력 2월을 말하며, 이때 영등신(바람의 신)인 영등할망이 내려옴.

숲 속의 동굴
— 썩은 굴*

동굴의 고향 제주에서 하필 굴이 썩었다니
지상의 생각으론 가늠 안 될 일이지만
등산로 중심을 비켜
슬쩍 나앉았다

이 겨울엔 누군가 동안거에 들었나 보다
흐르던 물줄기가 갈래갈래 고드름 되어
안쪽을 기웃거리던
산짐승도 피해간다

등짐에 이골 났을 아버지 시대 숯구이들
한 토막 새우잠에 휜 등이 펴졌을까
그 4월 흘린 불길도
이곳은 비껴갔다

가만 보면 내 안에도 동굴이 놓여 있어
펄펄 용암이 끓다 일순 회오리 인다

산사의 묵은 범종이

청녹 털 듯 번뇌를 털 듯

* 한라산 관음사 등산로에 있는 얕은 수직 동굴.

통일 피아노

여든여덟 현의 울림, 그 선율 따라가다
어느 시골 간이역 겨울 햇살 설핏한
빈 의자 귀퉁이 빌려 한소끔 앉아본다

시간의 여행 끝에 마주한 화평 시대
얼마의 믿음이면 병장기가 농기구 될까
아바이 아바이마을 순댓국에 뜨는 고향

오래된 가시 철책 쇳녹을 닦아내고
소리장인 청음으로 한 줄 한 줄 뽑아냈다
겨울 끝 봄 나들목에 관절 세운 피아노

팔십팔 세 실향민이 연주하는 〈고향의 봄〉
저음의 두 옥타브 전파 타 고향에 가듯
원산행 철마에 올라 나 거기 가고 싶다

4월 안개

안개인지 는개인지
굳이 알려 않지만

바다 잇댄 산허리를
스멀스멀 감아들다

섬 등대 먼 눈동자에
물방울로 앉습니다

웬만히 참았대도
눈물샘은 터집니다

목이 쉰 갈매기들
어쩌지 못한 4월 눈빛

생인손 다시 처맨 듯
노란 리본 젖습니다

제2부
내 몸과 마음의 집

아버지의 중절모

장미꽃 한창 필 쯤 아내가 내민 선물
내리꽂는 햇살에 주눅 들지 말라며
한지 향 올올이 배인 모자를 씌워줍니다

그에 언뜻 떠오르는 안데스 산맥 사람들
남녀 모두 나들이엔 중절모를 쓴다는데
햇빛을 가리기보단 그들의 복식이겠죠

몇 살이면 중절모가 어색하지 않을까요
가만히 손을 얹어 거울 앞에 서봅니다
빙그레, 소싯적 아버지, 저를 보고 있습니다

어머니의 등불

내가 할 수 있다면 5촉광을 발하여
구순 어머니가 온종일 머무는 방
눈높이 벽면을 세내
전구로 앉고 싶다

어머니는 나날이 거동을 줄이시고
말문을 닫았는지 방에 누워 계셔
이따금 꿈속에 들어
갈걷이를 하시나 보다

낮이나 밤이나 수면등을 켜두신다
밝음과 어둠 사이 경계를 지우고
이승의 낮은 불빛을
붙잡고 싶음이다

내 몸과 마음의 집, 어머니 어머니
귀뚜라미 소리에도 깍지가 여무는 밤
내 맘은 알전구 불빛
텃밭을 훑고 있다

아침 뜨락

울타리에 나무 네댓 적당히 거리 두어
참새나 곤줄박이 그 사이 길을 내고
한 무리, 바람 넘어와
나무들 울대를 푼다

으레 아침이면 거미줄이 들어선다
나는 걷어내고 거미는 다시 치고
밤과 낮 구도 바뀌는
농가의 뜨락 한때

누가 설계하고 얼개를 짜내는지
손톱만 한 몸통에 꼬물꼬물 여덟 절지
별무리 이울 때까지
외등 켜고 바라본다

촉수의 감각일까 매달리고 올라가고
끝내 허공을 질러 집 한 채 지어낸다
잘 떠진 실뜨기 같다
간섭하기 싫은 아침

양은 도시락

돌아가라면 돌아갈까
보리누름 한시절로

등하교 십 리 길을
걸음 반 뜀 반하며

종아리 알이 박히던
비포장 나의 유년

풋보리 익어가는 5월 한나절

먹어도 배고팠다
양은 도시락 꽁보리밥

지금도
맴돌고 있네
빈 도시락 그 소리

6월 인동꽃

한라산 오백 고지 동서로 누운 산록도로 변
누군가 욕심을 가둔 가시 철책 한켠에
허물을 감추어주듯 인동이 나앉았다

암술 수술 제각각 생각은 다르겠지
은빛 금빛 트럼펫을 일제히 연주한다
참았던 겨울 노래다
축축한 속울음이다

산길을 오가며 조금은 알 것 같다
만물상의 사내가 손짓하는 의미를
바람에 몸을 내맡긴 인동의 춤사위를

감긴 넌출을 풀어 허리 한번 세워보고
이마 짚는 안개에 갈증도 녹이지만
한 사흘 순백한 꽃이
아, 끝내 물이 든다

내 맘속의 멀구슬나무

동네 어귀를 돌아 아름드리 멀구슬나무

대소사가 있거나 돼지를 추렴할 때

기꺼이 굵은 가지를 내주곤 하였다

부르지 않아도 아이들은 모여든다

툭 던진 오줌보 하나, 한나절이 지나가고

설익은 고기 한 점에 나 또한 행복했다

빡빡 깎은 머리에 괜히 앙탈 부릴 때

그런 날 멀구슬나무는 보랏빛으로 다가와

온종일 함께하여도 향기 가시지 않았다

둥치의 주름이야 한낱 세월이겠지

유배 온 조선 임금, 면류관 주렴 같은

겨우내 섬 하늬 앞에 멀구슬을 달고 있다

비양도 보말죽

그냥 가시게요?
이왕 여기 왔으니
제철 문어 한 접시에 소주 한잔 하셔야죠

뿔소라 푸른 똥 같은
보말죽은 드셔야죠

토박이 섬 아줌마 음식 맛은 짭짤해도
반달 닮은 품새에 입담까지 버무리니

오름도
잔술 했는가
모롱이가 발갛다

시래기

우리네 앞집은 발간 함석 지붕이다
돌담 울타리로 바람 솔솔 드나들고
처마 밑 시래기 묶음 노릇노릇 마르고 있다

무청하면 내 유년, 집토끼 서너 마리
상자로 집 만들고 무청을 엮어두어
겨우내 나들이 없이 토끼들 잘 자랐다

요 며칠 앞집에는 애들 소리 들렸다
딸인지 며느린지 분주히 오간 사이
할머니 앞니 빠진 듯 처마 밑이 훤하다

가을 귀가

섬억새 흔들려도 하늘이 금갈 것 같은

이런 날 조랑말도 집을 향해 울음 운다

테우리 휘파람 소리, 산허리에 묻어둔 채

외딴집 돌담 굴뚝 외려 바쁜 가을 끝

청동 워낭 목에 단 듯 하늘타리 농익고

할머니 사립을 여니 먼산주름 다가온다

가는 듯 온다면야 아궁이가 눅눅할까

희나리 불씨 먹어 타닥타닥 타오를 때

올레길 누가 오는가 개밥바라기 마중한다

오죽(烏竹)의 시선

이태 전 사립문 옆 오죽 몇 개 심었다
눈길 한번 없어도 죽순은 돋아나고
섬 겨울 하늬바람에
댓잎 소리 제법이다

녹색이 점무늬로, 점무늬가 갈색으로
한겨울 눈보라를 네댓 해 맞고서야
푸른빛 은은히 배인
오죽으로 거듭난다

카스트는 아니다 서열은 애초에 없다
속마음 비워내고 꼿꼿이 섰을 때
비로소 오죽이 된다
사람도 그렇다

민달팽이

정말이지
떨어지는 게
집값이면 좋겠다

이삿짐을 챙기다 잠깐 쉬는 나무 그늘

풋감이 뚝 떨어진다
민달팽이
뿔 세운다

7월 자목련

무성한 잎들 사이 뉘 있어 발개지나

아침 햇살 어룽지는 자목련 우듬지에

그 한철 안부를 묻듯 네댓 송이 피었다

자목련의 한때야 4월이 아닐까 싶어

민낯으로 들이대도 풋풋하던 살 냄새

두벌 꽃 허공에 맺는 요즘과는 달랐다

농막에 살다 보면 7월 목련 닮나 보다

보송한 초벌 송이, 그런 한때 있었다

따스한 눈빛에 빠져 가슴 엔 적 있었다

칠허벅

할머니 집 뒤란에는 칠허벅이 있었다
그냥 걸어 십 리 밖 비양도 앞바다에
을유년 일제 군함이 어뢰 맞은 그해부터

등짐에 이골이 난 우리네 할머니들
부리 타진 허벅 지고 갈 길을 재촉하여
갯바위 온통 덧칠한 기름 덩이 지고 왔다

그것을 칠이라 했다 콜타르 같은 것
대포 싣던 헌 수레, 윤활유로 쓰이거나
무자년 칠흑의 밤에 횃불을 밝히거나

반세기 훌쩍 지나 섬 바다 맑아졌지만
아직도 끈적이는 제국주의 화약 냄새
칠허벅 따라가 보면 이지스함이 들락인다

착시의 길

쓸어낼 것은 없지만 할 일을 찾는 듯한
한라산 산록도로에 몽당 빗자루 싸리꽃
염색한 요즘 애이다 포장마차 불빛이다

너나없이 이 길에선 멀쩡히 눈을 다친다
오르막길 빗면을 따라 동력 없이 흐르는 차
너에게 내 가는 것도 이 현상이 아닐까

아무래도 도깨비도로는 착시의 세계이다
한 동이 물을 부으면 물도 따라 올라가서
낙차 큰 나의 생각을 단번에 후려친다

제 딴엔
― 갈등 사이

칡은 오른쪽으로
등나무는 왼쪽으로

오른돌이
왼돌이
우왕좌왕하는 사이

양돌이
더덕 넝쿨이
세상을 다 쥔 듯이

제3부
누군들 여기에 와 사랑 얻지 못할까

아네모네

1

봄 햇살 제법 다순 양지에 눈길 주면

어김없이 꽃들은 눈 약속을 지켜준다

아는지 모르는 건지

소곤소곤 아이들

2

우리말 아니래도 이름이 너무 예뻐

그리스의 미소년 아도니스를 생각하다

바람꽃

꿩의 바람꽃

한라산에 앉아보는

제비꽃

바짝 엎드려
바람 타지 않는다

봄 햇살
종종대는
섬돌 아래
자리 깔고

안부가
궁금했는지
처마 밑
제비 소리

청보리 밭

4월, 청보리 밭
더러 흘린 장끼 울음

겨울을 잘 참았다
이삭들 곧게 패고

내 한때
뒤돌아보면
종다리 울음 몇 점

편백나무 베개

언젠가 불면으로 수면 베개 갖고 싶었다
봉평장 메밀 베개나 비자씨앗 베개 말고
한 생애 구새 먹었을
그런 나무
그런 베개

여름도 주말 한때, 매미 소리 실한 날
간밤에 뒤척인 잠 한소끔 풀까 하여
온 생각 내려놓으며
툇마루에 누웠는데

코끝을 간질이는 이 향기는 무엇일까
설핏 잠이 들어 숲 속에 내가 있다
오래전 뉘와 걸었던
그 길을 걷고 있네

꿈속에 환하던 숲, 눈을 떠 보고 싶어
편백나무 베개를 물끄러미 바라본다

생가슴 에였을 옹이
오히려 향이 짙네

한림카페

비양도가 통째로 창문에 와 걸리고

백사장 잔물결이 이내 따라온다

오래전 가동이 멈춘 한림 전분공장

한때는 헉헉댔을 오십 마력 원동기

영국산 마크가 아직도 선명하다

마대 속 햇고구마들 그 내음 풋풋했을

외벽도 그대로다 회칠한 제주 돌담

누군들 여기에 와 사랑 얻지 못할까

그러게 잊혔던 사랑, 봄바람에 아리다

그루잠

휴일이면 좋겠다……

잠의 들머리에서,

후박나무 가지에

바람이 머뭇대고

반달은 야경 도는지

들창이 환하다

실거리꽃

연둣빛 5월에는 부르지 않아도 오가고
넘칠 듯 향기 담아 살랑거리는 꽃송이들
이런 날 노란 손수건 내 목에도 매고 싶어

설화* 속 그 청상도 온몸이 아리어
봄날 끝자락엔 어쩔 수 없더란다
어귀에 미늘을 놓아 길손을 잡을밖에

순하디순한 황소가 뜸베질을 해댈 때
모르는 척 발길 옮겨 소맷자락 붙잡힐까
아니면 흰나비 되어 슬쩍 꿀이나 빨까

* 제주에서 전해져오는 실거리꽃 설화.

고란사

단애
일엽초 같다
사비성의 여인아,

초겨울
눈썹달이
풍경 소리 풀어낼 때

백마강
어진 물결에
어룽지는 모습이랴!

봄비

입춘 무렵 비가 오면 매화는 머쓱하지
먼저 서둘렀대도 꽃이란 그런 거지
한 사흘 몸살 앓다가
향기를 뿜어내니

열 평 남짓 마당에 비가 내려주어
경칩에 개구리 깨듯
고개 내민 봄풀들
어쩌지
인가에서는
잡초가 될밖에

아내의 피아노에 봄기운이 스몄는지
웃자란 풀을 뽑다 〈캐논〉을 흘려낸다
조밀한 음표들 같은
개불알풀 광대나물

가만 보면 봄비도 할 일은 하나 보네

꽁꽁 얼어붙은 내 맘까지 끌어내어

맴돌던 정신이 퍼뜩,

찬물 세례 해대니

시맞이

재촉한들 오겠느냐
시도
계절을 탄다

산딸나무 열매들
앞다퉈
젖을 흘릴 때

단풍잎
계류에 뜨듯
휘돌다가
에돌다가

부레옥잠

한 평 남짓 연못에 부레옥잠 놓았더니
공기주머니 매달고 이저리 떠다닌다
반생을 떠돌아다닌
내 오랜 친구 같은

언제나 뜬금없는
이 친구 전화 한 통
동문시장 순대국밥, 막걸리도 네댓 잔
저녁 배
예약했다며
목적지를 안 밝히던

7월 부레옥잠
연등 같은 꽃이 벌 때
남도 어느 산사
터 잡았단 문자 몇 줄

이제는 뿌리 내릴까
속연이 깊디깊다

목신의 가을

꽃인가
−아니다

나무인가
−아니다

사람인가
−아니다

부처인가
−글쎄

용문사 은행나무는 천년 살아 신이 됐다

의상대사의 지팡인가
−아마 그럴 법도

마의태자가 심었나

—아마 그럴지도

용문산 가을 산빛을 늠연히 지키고 있는

내방객은 대웅전보다 은행나무를 먼저 본다
하늘인지 땅인지 경계 없는 저 품새
나무도 이 경지에선
목신이 될밖에,
본디 신이란
하는 일이 없다지만
사하촌 사람들은 절을 업고 살아간다
그 절집
대웅전 오르는
은행나무 노란 하늘

목신도 가을에는 휴식하고 싶을 게다
황금빛 법의 같은 이파리들 떨어내며
이골 난 세속 바람에 끄덕끄덕 목례만 한다

동백꽃 봄날

동백나무 아래서 누가 부르댈까

겨우내 앓던 마음 이 봄날 울렁거려

동박새 부리만 대도

울컥 지고 마는

내 어릴 때 잔칫집엔 동백꽃이 환했지

마그네슘 불빛 터져 발개지던 새색시 볼

하객들 콩씨 뿌렸네

그에 또 꽃잎 지던

제4부
그런 시 어디 없을까

거기

시루떡 같은 파도
무시로 부서지는

그대
작은 발자국
아직
온전하여

갯방풍
꽃노을 진다

모래 둔덕

거기!

시(詩)

길들여도 얼러도 야생인 수지니*다
던지면 되돌아오는 원주민의 부메랑이다
뽀로통 돌아앉았다가 먼저 웃는 내 아내다

* 수지니 : 사람의 손으로 길들인 매.

그런 시 어디 없을까

정말이지 시란 막걸리 아닌가 싶어
한두 잔 들이켜면 그냥 포만하고
적당히 취기가 올라
갈증을 풀어주는

그런 시 어디 없을까 콩나물 해장국 같은
간밤의 쓰린 속을 시원히 달래주고
매콤한 그 맛 하나로
다시 또 찾게 되는

그런 시 어디 없을까 수박 화채 같은 시
한여름 읊조리면 얼음이 동동 뜨고
팽팽한 세간의 틈에
계류를 흘려내는

버릴까

"이제 그만 버리세요" 오래전 아내의 말

수십 년 내 품에서 심박동에 공명했던

버팔로 가죽지갑을 오늘은 버릴까 봐

몇 번의 손질에도 보푸라기 실밥들

각지던 모퉁이는 이제 모두 둥글어

가만히 들여다보면 나를 많이 닮았다

그냥저냥 넣어뒀던 오래된 명함들과

아직까진 괜찮은 신용카드 내려놓으면

어쩌나, 깊숙이 앉은 울 엄니 부적 한 점

관탈섬

유배길 유배 바다 추자도와 제주도 사이, 한라산이 보이거든 으레 관을 벗으시고 물살도 물살이지만 마음 먼저 비우세요

내 친구 종식이는 바닷가 태생이라 한번 물에 들면 그냥 나오지 않아 물속 길 구석구석을 올레처럼 드나들죠. 배낚시를 간다고 관탈섬에 이르러 반기는 사람 없이 저 혼자 섬에 올라 따스한 갈매기 알을 몇 개 슬쩍했죠. 그도 그럴 것이 배를 타려는데 한 떼의 갈매기가 연신 얼굴을 쳐 그제야 정신이 퍼뜩 알을 죄다 돌려줬죠

일테면
무지렁이도
관탈섬에서 철든 거죠

장마

가끔은 적시고픈 목마른 땅이 있다

가끔은 뇌성으로 깨우고픈 사람이 있다

가끔은 번개를 놓아 밝히고픈 하늘이 있다

입추

이른 아침

까치가 몇 마디 주고 갔다

한낮 소나기 후

매미 소리 자지러졌다

밤들자

나그네 바람

벌레 악단 끌고 왔다

차마고도

믿음 한 점 품고 설산 라싸로 간다
오체투지, 수레를 끌어 부처께 가는 거다
한 생을 길에 부린다 해도
그냥 내릴 싸락눈

단출한 삶이지만 오가는 정이 있다
말이나 야크 등에 차를 싣고 소금을 싣고
봄여름 산을 넘으면
다랑이 마을은 겨울이다

고산지 하루해는 세상과 다르나니
마방의 눈과 귀는 어둠에도 순하다
한데서 노숙을 하고
불경을 독송한다

산은 물을 낳고, 물은 사람을 만나
가축의 마른 똥에 불씨가 피어난다
성과 속 경계를 지우는
금줄 같은 설산의 길

풀도 아프다

전경이 너무 좋아 시를 못 쓰겠다는

기철 형 집 몇 채 건너 마당에 잡초 무성한

주인은 의사라지요

풀을 벨 수 없대요

외과 의사인지

성형외과 의사인지

전신마취 안 하면 집도할 수 없다며

풀들도 통점이 있어

그냥 같이 산대죠

가창오리 겨울나기

새들에게 언어 있을까 곰곰 생각하다
금강 하류에 가 오래도록 귀를 연다
다문화 물새의 축전
겨울나기 한창이다

때마침 노을이 내려 개막쇼가 열리고
십수만 가창오리 일제히 날아올라
한순간 회오리 뜨듯
노을 화판 저 군무

마음 비워 가벼운지 떠오르고 내리고
감았다 풀었다 내 맘도 갸우뚱한다
해묵은 체증의 더께
시나브로 갈앉는다

새들은 저문 강에 시린 발을 담그느니
깨어 있어 다순 게 강물이 아니더냐
느릿한 충청도 말로
물갈퀴를 간질인다

제5부
변경의 난민인 듯 무국적 집시인 듯

꽃잔 건배

가을엔
한가을엔
꽃들도 건배를 하네

들바람 건배사로
꽃잔을
부딪치네

쟁그랑
햇살이 넘쳐
아물아물
내가 취하네

독도의 마음

뜨는 해 일찍 보려 갑판에 올라섰다
일렁이던 물결은 이내 잠잠하고
보인다 수평선으로
햇살 품은 섬 하나

독도 앞에서는 입술마저 굳어져
'외롭다' '그립다'는 한 획씩 지워지고
매바쁜 지상의 시간도
물마루에 풀어진다

정작 하고픈 말, 뉘라 다할 수 있나
가슴에 묻어둔, 갈매기가 전하는

난바다 섬이 되는 건
이냥 기다림이다

사막, 길을 가다

마음속 문이 열릴까 먼 길을 나섰다
볼 것을 안 보고 들을 것을 안 듣다가
무심코 사막에 오니
바람 맛을 알겠다

기러기 행렬 같은 능선의 카라반들
앞서간 발자국을 연신 되밟으며
잔잔한 워낭 소리로
언덕을 넘어간다

사막의 밤길은 별자리로 기우는지
눈물까지 말라버린 낙타의 동공에
따라온 이슬람 달이 혼자 부풀고 있다

성자는 사막에서 말씀을 구하고
뜨내기 내방객은 낙타초를 씹느니
성과 속 무너진 경계
선혈 같은 놀이 뜬다

인공지능에게

어느 날 문득 그대가 내게 온다면
내게 와 소통한다면 우리 사이 어떨까
갑과 을 그런 관계 말고
형 아우 하는 사이

굳이 그대 먼저 도우미를 자청하면
나는 그대에게 내 신상을 털겠네
복잡한 회계 같은 것
그대가 맡아주고

하늘은 인간에게 감성을 주었지만
인간은 그대에게 지능만을 주었으니
한순간 감성이 깨면
우리 관계 어쩌지

설령 그럴지라도 글이랑 쓰지 말게
먼 하늘 별무리 같은 그대의 무한 지능
사람은 시 한 구절에
눈물 괼 때 있으니

폐차의 장례

화북공단 고물상 앞에서 잠깐 머뭇대다
피겨 선수 사진에 시선이 꽂혔는데
폐차장 견인차 한 대
승용차를 끌고 간다

땅거미 내릴 때라 전조등 희번덕이고
유모차에 의지한 초로의 할머니 같은
내줄 것 다 내줘버려
뒤태 저리 쓸쓸할까

분명 저건 장례이다 상주도 조문객도 없다
티베트 고원에서 천장을 치르듯이
해체된 쇠들의 울음
한동안 귀 울리겠다

본래 온 곳으로 돌아간대도 슬프다
길마다 지문 찍던 긴 여정을 끝내고
내생에 한 몸 되기를
저들은 고대할까

가을 끝이 보인다

이따금 바스락
이따금 살그랑
느티나무 그늘에 가을이 깊어졌다
하늘을 올려다보면
머뭇머뭇
구름 몇 점

손가락 튕겨본다 끄덕하지 않는다
입바람 불어본다 요동하지 않는다
바람이 건듯 불더니 단풍잎 우수수 진다

땅과 하늘 사이
사람과 나무 사이
온갖 색소 풀려 있다
소리가 풀려 있다

낙엽이 소리를 끌어
가을 끝이 보인다

겨울 한때

반쯤 갠 하늘 가까이 잡목 숲을 바라본다

지난여름 번들대던 이파리들 모두 졌다

아 저기 작은 동백나무 용케 살아 있구나

명색이 동백나무라 불그레한 꽃봉오리

한기가 더할수록 말문이 열리는데

무슨 말 하려다 말고 울컥 지고 만다

세상사 그러하듯 황금빛 높은 권좌

곧은 나무 타오르는 너덜겅 드렁칡 같은

누군가 뇌관을 친다 싸락눈 쏟아진다

꽃의 변주

1

왜 그리 부산 떨지
풀잎 흔드는
아지랑이……
누군가 한 움큼 꺾어 마른 꽃이 될지언정
내 분첩 단박 터뜨려
이 봄을
물들일까 봐

2

여름 땡볕에는 왠지 짐승이고 싶다
사향낭 몸에 품고
이저리 누비다가
선 굵은
나의 등짝에
줄무늬를 넣을까 봐

3

설령 향기 없대도 단풍 숲은 꽃밭이다
물이 들면 드는 대로
마르면 마른 대로
가을엔
그냥 매달려도
종소리가 새나온다

4

혹한을 참느라 볼이 발간 건 아니다
눈 속을 비집고 나와
주위를 살펴보면
저마다
얼음주머니를
허리춤에 차고 있다

꽃들의 노동

꽃을 피운다는 건
꽃들에겐 노동이다

물양귀비 꽃잎 오므려
분꽃은 꽃잎 펴고

주야간 교대 근무하는
봉제공장 누이들 같다

꽃들이 한철이듯
인생도 그러겠지

폭염 속 소나기든
끈질긴 이명이든

어금니 앙다물다가
그냥 흘린 울음이다

망치 소리

돌아보면 서문다리, 방죽의 망치 소리
천변을 서성이던 개똥벌레 불빛이다
외딴집 사립 너머로 훅 뜨던 쇳물 냄새

장인은 사시사철 섬 갈옷 차림으로
낫이며 호미며 무딘 괭이 벼리기까지
온종일 땀샘 비우며 풀무질을 해댔다

누군들 감추고픈 속내야 없을까 봐
병문천은 복개되고 대장간은 간데없어
이따금 통풍을 앓듯 바람이 우우댄다

오래된 건 밀려날까 중심을 비켜갈까
서문 밖 농가 잇댄 곰삭은 망치 소리
옛 풍경 담금질하는지 겨울비가 내린다

철새에게 배운다

드높은 가을 하늘 채운이 걸리던 날
한 무리 철새들이 편대 지어 날아왔다
찬바람 불어오느니
섬에 뜬 깃털 몇 점

철새들 여행이란 극한의 생존이다
따스한 가슴에 대물린 날개 하나
다 저문 서녘 하늘에
끝물의 단풍 같은

바닷가 습지는 왁자지껄 난장이다
변경의 난민인 듯 무국적 집시인 듯
섬살이 부대낀대도
안부를 묻곤 한다

새들은 무엇 하나 소유하지 않으니
올 때의 몸과 마음, 떠날 때 가볍다고
가벼워 더 넓은 세상
내게도 일러준다

소소하기에 더욱 소중한 일상사의 현장에서

장경렬

기(起), 잊히고 버려진 것 앞에서

지금으로부터 약 25년 전 오랫동안 끌고 다니던 차를 몰아 폐차장으로 가져간 적이 있다. 낡고 고장이 잦은 데다가 곧 외국에 가서 장기간 머물러야 할 처지여서, 폐차를 결심했던 것이다. 물론 폐차 처리 대행업소에 부탁할 수도 있었지만, 집에서 그다지 멀지 않은 곳에 폐차장이 있기에 직접 일을 처리하기로 했던 것이다. 서류 수속을 마치고 나서 나는 그곳 직원이 차를 폐차 집합소로 몰고 가는 것을 보았다. 폐차장에 올 때까지도 조심스레 몰던 차였는데, 그곳 직원은 주변 장애물과 여기저기 부딪혀도 상관하지 않은 채 차를 몰아 폐차 부품과 찌그러진 차체가 산더미처럼 쌓여 있는 곳 한가운데로 향했다. 이를 바라보는 나의 마음이 공연히 심란해졌다. 곧이어 일부 부품이 뜯겨 나간 채 납작하게 찌그러져 폐차 더미 위로 던져질 것이다. 비록 생명 없는 기계에 불과하지만 그동안 고운 정과 미운 정 다

93

들었던 차가 아닌가. 그 차의 생애가 저렇게 끝나는구나 생각하니, 내 마음은 비감에 젖지 않을 수 없었다. 차마 더 이상 일이 진행되는 과정을 지켜볼 수 없어서 나는 곧 폐차장을 빠져나와 버스정거장으로 걸음을 옮겼다. 그러면서 이렇게 생각을 이어갔다. 생명 없는 차의 마지막 순간을 지켜보는 일이 이리 슬플 수도 있구나. 앞으로 다시는 미우나 고우나 정든 차를 폐차장으로 몰고 오는 일은 하지 않으리라는 다짐을 하면서 버스에 오르던 때가 지금도 기억에 새롭다.

그리고 몇 년의 세월이 지난 후에 나는 홍성운 시인의 「가을 폐차장 · 1」과 마주하게 되었다. 폐차장을 찾지 않겠다는 나와 달리, 홍성운 시인은 "세상이 답답할 땐 폐차장을 가 본다"는 것이다.

세상이 답답할 땐 폐차장을 가 본다 부위별로 진열된 튼실한 정육점같이 쇳덩이 무덤을 따라 가을바람 경적 우는

그랜저 쏘나타 프라이드 티코까지 한때의 애증으로 번지는 쇠울음아 아직도 철기시대가 이 땅에 견고하다.
                                           — 「가을 폐차장 · 1」 전문

시조의 리듬이 짚이지만, 이 시에서는 여느 현대시조와 달리 한 행이 한 수를 이루고 있다. 호흡을 가다듬지 않은 채 단숨에 한 수를 읽을 것을 요구하는 것처럼 보일 수도 있지만, 정작 시를 읽어가는 과정에 속도감이 짚이는 것도 아니다. 여백의 미를

거부하면서 동시에 속도감마저 거부하는 느낌의 이 시를 통해 시인이 의도하는 바는 무엇일까. 이 물음에 답하기에 앞서 우리는 또 하나의 물음을 던지지 않을 수 없다. 즉, "세상이 답답할 땐 폐차장을 가 본다"라는 진술이 의미하는 바는 무엇인가. 사실 세상이 답답할 때 사람들은 들판이든 호숫가든 숲이든 자연의 세계를 찾는다. 생명이 살아 숨 쉬는 자연과 함께하는 가운데 답답함을 풀기 위해. 하지만 이 시에서 시인은 폐차장을 찾는다. 인간이 한때 애증의 감정을 가졌을 법한 차들이 폐기된 상태로 쌓여 있거나 분해되어 있는 폐차장에서 그가 확인할 수 있는 것은 "쇠울음"뿐이다. "부위별로 진열된 튼실한 정육점"을 떠오르게 하는 "쇳덩이 무덤"을 찾아가야 확인할 수 있는 것이라고는 기껏해야 "한때의 애증으로 번지는 쇠울음"뿐인 것이다. 사정이 이러하다면, 폐차장을 찾는 이유는 명백히 답답함을 풀기 위한 것이 아닐 것이다. 어쩌면, 한층 더 거대한 답답함 속으로 빠져들기 위해 생명의 숨결이 느껴지지 않는 "쇳덩이 무덤"을 찾는 것인지도 모른다. 그와 같은 거대하고 명백한 답답함 속으로 빠져들다 보면, 이전에 느끼던 답답함이 대단치 않은 것으로 여겨질 수도 있으리라. 바로 이 같은 심리적 위안을 얻기 위해 폐차장을 찾는 것은 아닐지? 또는 삶의 무의미함과 정면으로 마주하고 이를 한층 더 철저하게 꿰뚫어 보기 위해 폐차장을 찾는 것일 수도 있다. 사실 기계처럼 돌아가는 현대의 삶에 얽매어 사는 우리—즉, "이 땅에 견고"한 "철기시대"를 살아가는 우리—에게 공허감 또는 답답함을 해소하기는 일종의 사치일 수 있다. 차라리 더 큰 답답함으로 빠져드는 것이 정직한 삶의 태도일 수도 있다. 문제의 시가 여백의 미를 거부하는 동시에 속도감마저 거부하는 느낌을 주는 이유는 이러한 시인의 내면 풍경을 반영하고 있기 때문이리라.*

어찌 보면, "부위별로 진열된 튼실한 정육점같이"라는 표현은 시인이 폐차를 한때 생명력을 지녔던 존재로 보고 있음을 드러내는 것이다. 즉, 폐차된 자동차를 아예 생명력이 없는 사물이 아니라 생명력을 지녔다가 이제는 상실한 그 무엇으로 보고 있음을 암시한다. 그런 의미에서 보면, 폐차된 자동차를 향한 시인의 감정은 폐차장을 떠나면서 내가 가졌던 감정과 크게 다를 바 없다. 생명체가 아닌 사물이지만 생명체와 다름없는 그 무엇으로 인식한다는 점에서 그러하다. 차이가 있다면, 내가 단순히 감상(感傷)에 젖었던 것과 달리, 시인은 폐차된 자동차 또는 폐차되어 부품별로 해체된 자동차의 부위에서 기계처럼 삶을 살아가다가 폐기될 운명의 삶을 살아가야 하는 현대인의 존재 상황을 감지하고 있다는 점일 것이다. 다시 말해, 자동차의 운명에 빗대어 현대인의 삶을 우의적으로 되짚어보는 시인의 마음을 전하는 시가 홍성운 시인의 「가을 폐차장·1」이다.

폐차장에 대한 옛 기억과 「가을 폐차장·1」이 차례로 내 기억에 떠올랐던 것은 홍성운 시인이 이번에 출간하는 시집 『버릴까』에서 폐차를 소재로 한 다음과 같은 작품과 만났기 때문

---

* 「가을 폐차장·1」에 대한 이상의 작품 읽기는 장경렬, 「시간성의 시학」(서울대학교 출판문화원, 2013), 199~200쪽 참조.

이다.

　　화북공단 고물상 앞에서 잠깐 머뭇대다
　　피겨 선수 사진에 시선이 꽂혔는데
　　폐차장 견인차 한 대
　　승용차를 끌고 간다

　　땅거미 내릴 때라 전조등 희번덕이고
　　유모차에 의지한 초로의 할머니 같은
　　내줄 것 다 내줘버려
　　뒤태 저리 쓸쓸할까

　　분명 저건 장례이다 상주도 조문객도 없다
　　티베트 고원에서 천장을 치르듯이
　　해체된 쇠들의 울음
　　한동안 귀 울리겠다

　　본래 온 곳으로 돌아간대도 슬프다
　　길마다 지문 찍던 긴 여정을 끝내고
　　내생에 한 몸 되기를
　　저들은 고대할까
　　　　　　　　　　　　　—「폐차의 장례」 전문

　　모두 네 수의 이루어진 연시조 형식의 이 작품에서 우리는 작
품 전체가 시조의 기본적 의미 전개 방식인 기승전결(起承轉結)
의 구조로 이루어져 있음을 확인할 수 있다. 먼저 기(起)에 해당

하는 첫째 수에서 시인은 "화북공단 고물상"의 한구석을 차지하고 있는 "피겨 선수 사진"에 눈길을 주다가, "폐차장 견인차 한 대[가]/승용차를 끌고" 가는 것을 목격한다. 여기서 우리는 고물상의 "피겨 선수 사진" 또는 사진 속의 "피겨 선수"와 견인차에 끌려가는 "승용차"가 병치 구조로 제시되어 있음을 감지할 수 있다. 추측건대, 한때 인기를 한몸에 받던 "피겨 선수"가 이제는 잊혀, 누군가 애지중지했을 법한 그 선수의 사진이 고물상 신세가 된 것이리라. 그런 상황은 문제의 승용차가 누군가의 사랑을 받다가 이제는 버림받아 폐차장행이 된 것이나 다름없다. 사진이 버림받은 것은 곧 그 사진의 주인공이 잊힌 것이나 다름없거니와, 궁극적으로 문제되는 것은 잊힌 "피겨 선수"와 버림받은 승용차 사이의 병치다. 그리고 양자의 병치를 통해 이 시는 승용차에 대한 의인화(擬人化)로 독자의 의식을 유도하고 있는데, 폐차장 견인차에 끌려가는 승용차는 잊힌 "피겨 선수"와 다름없는 존재라는 점에서 그러하다.

승(承)에 해당하는 둘째 수에서 시인은 승용차에 대한 의인화를 한층 심화한다. 이제 견인차에 끌려가는 승용차는 직접적으로 "유모차에 의지한 초로의 할머니"에 비유되기도 한다. 그것도, "땅거미 내릴 때라 전조등 희번덕이고"라는 시적 서술이 암시하듯, 두 눈의 초점과 생기를 잃은 할머니에. 심지어, 둘째 수의 종장에서 보듯, 시인은 폐차장행 승용차에서 "내줄 것 다 내줘버려/뒤태 저리 쓸쓸[한]" 할머니의 모습을 감지하기도 한다. 요컨대, 첫째 수의 병치가 쉽게 포착하기 어려운 미묘한 것이었던 것과 달리, 둘째 수의 병치는 첫째 수의 병치에 힘입어 적극적이고 직접적인 것이 되고 있으며, 이로써 승용차에 대한 인격화는 흔들 수 없는 확고한 것이 되고 있다.

기와 승을 통해 폐차장행 승용차에 대한 의인화를 확고하게 한 시인은 셋째 수에 이르러 승용차의 폐차장행을 있는 그대로 인간의 죽음과 동일 지평에서 바라보도록 독자를 이끈다. 놀랍게도, 승용차의 폐차장행은 장례를 치르는 절차와 다름없다. 그것도 "상주도 조문객도 없[는]"는 장례를. 시인은 안다, 곧 승용차가 폐차장에 이르러 "해체"될 것을. 여기서 또 하나의 병치가 이루어지는데, 이는 "티베트 고원"에서 치러지는 "천장(天葬)"과 자동차의 폐차 과정 사이의 병치다. 널리 알려져 있듯, 티베트 고원 지역에는 천장이라는 풍습이 있는데, 이는 사람이 죽으면 시신을 해체하여 독수리의 먹이로 내놓는 것을 말한다. 독수리들은 특유의 괴성을 지르며 땅으로 내려와 해체된 시신을 먹어 치운다. 인간이 쇠고기나 돼지고기 등을 정육점에서 부위별로 사서 먹듯, 독수리도 해체된 시신을 먹는 것이다. 잔인하고 끔찍해 보이기도 하겠지만, 인간과 짐승의 입장을 바꿔놓고 보면 크게 다를 것이 없지 않은가. 아무튼, 문제의 자동차는 해체되고 일부 재활용이 가능한 부품을 제외한 나머지는 용광로로 갈 것이다. 어찌 자동차의 폐차 과정이 천장과 다를 바 있겠는가. 다만 "해체된 쇠들의 울음"이 독수리들의 울음을 대신하여 사람들의 "귀"를 울리는 것이 다를 뿐.

이 시조의 결(結)에 해당하는 넷째 수에서 시인은 셋째 수에서 언급한 "천장"에 대한 명상에 힘입어 "자동차의 장례"에 대한 자신의 생각을 다음과 같이 정리한다. 폐차 과정 역시 천장 과정과 마찬가지로 "길마다 지문 찍던 긴 여정을 끝내고" 이제 "본래 온 곳으로 돌아"가는 일이다. 그럼에도 여전히 뒤에 남은 이들을 '슬픔'에 젖게 하는 일이기도 하다. 시의 마지막을 장식하는 "내생에 한 몸 되기를/저들은 고대할까"라는 의문문에서도 우리는 천장의 관습에 기대어 폐차의 마음을 가늠하는 시인과 만날 수 있다.

사실 폐차장행의 자동차에 대한 시인의 인격화와 이에 따른 명상만을 놓고 보아도 이 시가 주는 시적 울림은 더할 수 없이 깊다. 또한 누구나 기계에 불과한 것으로 보는 자동차를 향해 던지는 시선 또한 깊고 따뜻하다. 하지만 이것으로 이 시가 갖는 의미가 소진되는 것은 아니다. 어찌 보면, 기계에 대한 시이지만, 앞서 검토했듯 이 시에서 자동차는 "피겨 선수"와 "할머니"와 병치되고 있거니와, 이 시에 등장하는 자동차는 곧 인간에 대한 우의적 이해일 수 있다. 「가을 폐차장 · 1」과 관련하여 언급한 바 있듯, 기계처럼 돌아가는 현대의 삶에 얽매여 사는 우리 인간은 다름 아닌 자동차와 같은 존재가 아닐까. 그런 의미에서 볼 때, 「폐차의 장례」는 인간의 삶과 죽음에 대한 우의적 성찰의 시로 읽히기도 한다. 요컨대, 현실의 삶에 대한 성찰이 폐차장행 자동차에 빗대어 이루어지고 있는 것이다.

바로 여기서 홍성운 시인의 시조가 갖는 의의를 찾을 수 있다. 시조란 '현실적 시간 안'에서 '현실적 공간 안'에 몸담고 살아가는 인간의 삶과 정서를 드러내기 위한 시 형식이다. 다시 말해, 시조란 인간의 삶을 넘어선 무언가 초월적 진리에 대한 깨달음을 담는 상징의 시 형식이 아니라, 인간의 현실적 삶 자체에 대한 지극히 인간적인 성찰을 담는 우의의 시 형식이다. 홍성운 시인의 시 세계를 살펴보면 인간의 현실적 삶과 관련하여 이 같은 성찰이 돋보이는 작품이 적지 않은데, 내가 오래 전에 홍성운 시인을 '가장 시조다운 시조'를 창작하는 시조시인 가운데 한 사람으로 평가한 것은 무엇보다 이 때문이다.

실로 시인의 눈길이 인간을 향하든 인간 이외의 사물을 향하든 여일하게 인간의 삶과 현실에 대한 깊은 성찰을 담은 홍성운 시인의 시조 작품들은 시조의 현대적 존재 이유를 강화하는 일종의 보루와도 같은 역할을 할 것이다. 이번에 출간하는 시조시집 『버릴까』도 예외가 아니다. 인간적 삶의 현장에서, 그것도 소소한 일상사의 현장에서 온갖 대상을 향해 던지는 시인의 눈길은 따뜻하고 깊으며, 이로 인해 빚어진 시의 향기는 깊고 그윽하다. 이어지는 지면에서 나는 홍성운 시인의 작품들 가운데 특히 인간의 삶에 대한 깊은 성찰을 담은 것으로 판단되는 시에 초점을 맞춰 그 의미를 검토하고자 한다.

승(承), 일상적 삶의 현장 한가운데서

논의를 이어가기에 앞서 시집 『버릴까』의 전체적인 내용을 간단하게나마 살펴보기로 하자. 시집은 모두 다섯 묶음으로 구성

되어 있는데, 나눔의 기준이 무엇인가라는 나의 질문에 시인은 특정한 기준에 따른 것이 아님을 밝힌 바 있다. 즉, 특정한 편집 의도에 따른 구분이라기보다는 다양한 주제와 소재의 시를 두루 분산해놓되 독자가 한 자리에서 한 호흡에 읽을 수 있는 분량의 시를 각각의 묶음으로 삼았다는 것이다. 여기서 우리는 한 묶음의 작품만을 읽더라도 시인의 시세계에 대한 다층적인 이해가 이루어지기 바라는 시인의 바람을 감지할 수 있다.

그럼에도 여전히 각각의 묶음에서 나름의 경향이 짚이는 것도 사실인데, 우선 첫째 묶음에서는 제주 4·3사건과 관련된 「동백꽃 지다」와 「숲 속의 동굴」, 용산참사 및 세월호참사와 관련된 「겨울 천리향」과 「4월 안개」, 분단 현실과 관련된 「통일 피아노」, 환경 문제와 관련된 「광대야 줄광대야」와 「수목장」 등 오늘날의 한국 사회가 감내해야 하는 시대와 현실의 상처와 아픔을 향한 시인의 눈길이 감지되는 작품들이 하나의 흐름을 이루고 있다. 둘째 묶음에서는 「아버지의 중절모」, 「어머니의 등불」, 「양은 도시락」, 「내 맘속의 멀구슬나무」, 「시래기」, 「칠허벅」 등 부모와 어린 시절을 향한 시인의 따뜻한 마음이 감지되는 작품들이 특히 우리의 눈길을 끈다. 셋째 묶음에서는 일상적이고 소소한 삶의 과정에 시인이 포착한 바를 다룬 작품들이 주류를 이루고 있다. 한편, 넷째 묶음에서는 「시」와 「그런 시 어디 없을까」에서 확인할 수 있듯 시의 정체와 역할을 놓고 생각에 잠긴 시인의 마음이 짚이는 작품이 특히 돋보인다. 바로 이 같은 작품의 압력 때문인지 몰라도 뒤에 가서 다시 언급하겠지만 넷째 묶음의 시 가운데 태반이 시란 무엇이고 무엇이어야 하는가에 대한 탐구 과정으로 읽히기도 한다. 끝으로 다섯째 묶음의 경우, 「독도의 마음」, 「사막, 길을 가다」, 「꽃들의 노동」, 「철새에게 배운다」, 「망치 소리」, 「폐차의 장례」 등의 작품이 보여주듯, 소외된 상태에서 변방에 머물거나 떠도는 존재들 또는 효용성이나 현실성을 상실한 것들에 대한 시인의 성찰이 두드러지게 감지된다. 물론 시적 성찰의 대상이 인간이 아닌 경우에도 궁극적으로 인간의 삶에 대한 깊은 성찰임은 앞서 검토한 「폐차의 장례」에서 이미 확인한 바 있다.

이처럼 묶음마다에서 두드러진 경향이 짚이기는 하지만, 시인의 말대로 특정 경향의 작품이 어느 한 묶음에만 한정되어 수록되어 있는 것이 아니다. 묶음의 경계를 넘어 다양한 주제와 소재의 작품들을 전체적으로 아우르는 경우, 무엇보다 홍성운 시인의 시세계를 돋보이게 하는 것은 일상의 현장에서 마주하는 소소한 일이나 사물 또는 생명체를 화두로 삼아 시도한 삶에 대한 깊은 성찰이다. 그런 관점에서 볼 때, 「폐차의 장례」에 이어 우리가 검토해야 할 작품은 이번 시집에 제목을 제공한 「버릴까」일 것이다.

"이제 그만 버리세요" 오래전 아내의 말

수십 년 내 품에서 심박동에 공명했던

버팔로 가죽지갑을 오늘은 버릴까 봐

몇 번의 손질에도 보푸라기 실밥들

각지던 모퉁이는 이제 모두 둥글어

가만히 들여다보면 나를 많이 닮았다

그냥저냥 넣어뒀던 오래된 명함들과

아직까진 괜찮은 신용카드 내려놓으면

어쩌나, 깊숙이 앉은 울 엄니 부적 한 점

―「버릴까」 전문

　세 수로 이루어진 연시조인 이 작품에서 시인은 "오래전 아내의 말"을 떠올리는 것으로 이 시를 시작한다. "이제 그만 버리세요." 즉, 아내의 충고에도 여전히 버려야 할 것을 버리지 않았음을 암시하는데, 그것은 무엇일까. 첫째 수의 중장에서 시인은 그것이 "수십 년 내 품에서 심박동에 공명했던" 것임을, 종장에 이르러 "버팔로 가죽지갑"임을 밝힌다. 여기서도 우리는 지갑을 인격화하는 시인과 만날 수 있는데, 지갑은 시인의 "심박동에 공명했[다]"는 점에서 그러하다. 이는 물론 상의 안주머니에 넣고 다니는 지갑이 무엇보다 내 심장과 가까운 곳에 있음을 말하는 것이겠지만, 내 마음과 "공명"하는 '살아 있는 존재'가 지갑임을 암시하기도 한다. 어찌 그런 지갑을 쉽게 버릴 수 있겠는가.
　아마도 대부분의 한국 남성은 주머니에 지갑을 넣고 다닐 것이다. 그리고 특히 손을 많이 타기 때문에 지갑은 그들이 소유한 물건들 가운데 어떤 것보다 더 쉽게 해지고 낡게 마련이다. 다시 말하지만, "아내의 말"에 비춰볼 때 시인의 지갑은 이미 버릴 때가 지났다. 하지만 "오늘은 버릴까 봐" 생각하면서도, 시인의 마음은 착잡하기만 하다. 둘째 수에서 시인은 버려야 할 이유에 대해 생각을 이어간다. "몇 번의 손질에도 보푸라기 실밥들"이 일고 "각지던 모퉁이는 이제 모두 둥글어"져 있지 않은가. 그럼에도 왜 버리지 못하는 것일까. 둘째 수의 종장에 이르러 시인은 내밀한 이유가 따로 있음을 비친다. "가만히 들여다보면 나를 많이 닮[은]" 것이 바로 지갑인 것이다! 말하자면, 지갑을 버림은 곧 '나'를 버리는 것과 다를 바 없다. 생명이 없는 사물에서조차 생명의 온기를 느끼고 심지어 자신과 동일화하는 시인의 따뜻한 마음이 감지되지 않는가! 사실 내가 홍성운 시인의 시 세계에 깊이 이끌리는 것은 '시조다운 시'를 쓴다는 이유에 앞서 그처럼 따뜻한 마음의 소유자이기 때문이다.

시인이 따뜻한 마음의 소유자임은 셋째 수의 종장에서 다시금 확인된다. 셋째 수의 초장과 중장에서 시인이 말하듯, "그냥 저냥 넣어뒀던 오래된 명함들과/아직까진 괜찮은 신용카드"야 빼내어 새로운 지갑에 넣으면 그만이다. 하지만 "깊숙이 [지갑 안에] 앉은 울 엄니 부적"은 어찌할 것인가. 이 역시 새 지갑으로 옮기면 그만 아닌가. 추측건대, "어쩌나"는 "울 엄니 부적"을 넣는 순간부터 지갑은 시인의 어머니와 '하나'가 되었기에 자기도 모르게 마음에서 새어나오는 걱정의 언사이리라. 다시 말해, 지갑은 시인과 '하나'이기도 하지만 심정적으로 시인의 어머니와 '하나'이기도 하다. 우리가 늙고 병들었다고 해서 우리네 부모를 버릴 수 없듯, 시인은 "몇 번의 손질에도 보푸라기 실밥들"이 일고 "각지던 모퉁이는 이제 모두 둥글어"져 있다 해도 낡은 지갑을 쉽게 버릴 수 없음은 이 때문일 것이다.

이처럼 낡은 지갑을 버리고 새 지갑을 갖는 일처럼 소소한 일에도 마음을 끓이고 망설이는 동시에 수심에 잠기는 사람들이 우리 주변에 적지 않다. 시인이라면, 그것도 시조시인이라면, 아니, 현대시조시인이라면, 이처럼 소소하지만 그렇기 때문에 더욱 소중한 우리네 삶의 현장에 섬세하고도 예리한 눈길을 던지는 일을 소홀히 여겨서는 안 될 것이다. 홍성운 시인이 소소하지만 그렇기에 더욱더 소중한 평범한 소시민의 평범한 일상사에 깊은 눈길을 던지고 있음을 우리는 다음과 같은 작품에서도 확인할 수 있다.

> 정말이지
> 떨어지는 게
> 집값이면 좋겠다
>
> 이삿짐을 챙기다 잠깐 쉬는 나무 그늘
>
> 풋감이 뚝 떨어진다
> 민달팽이
> 뿔 세운다
>
> ― 「민달팽이」 전문

흔히들 인간이 살아가는 데 필요한 세 가지 기본 요소로 의식주(衣食住)를 꼽는다. 위의 시는 이 가운데 주(住) ― 즉, 집 ― 의 문제를 다루고 있다. 주거 공간인 집을 구해 이사할 때면 집값이나 전세 보증금이 문제되지 않을 수 없는데, 예외 없이 가격이 오르면 올랐지 떨어지지 않기 때문이다. 특히 서민에게 이는 심각한 부담이 되지 않을 수 없다. 하지만 어찌 문제가 이뿐이겠는가. 이사를 하는 일조차 번거롭고 힘들게 마련이다. 「민달팽이」는 비록 단시조 형식의 단출한 작품이지만, 이 같은 정황을 더할 수 없이 함축적으로 시화(詩化)하고 있거니와, 초장에 해당하는 제1~3행에서 시인은 "정말이지"라는 말을 동원하여 돈에 궁한 시인의 마음을 꾸밈없이 전하고 있다. 이어서 중장에 해당하는 제4행에서 이삿짐을 챙기다가 잠깐 쉬는 시인의 모습이 제시된다. 시인은 이삿짐 꾸리는 일에 지쳐 잠깐 "나무 그늘"에서 쉬고 있는 것이다.

사실 이상의 진술에서 특별히 시적이라 할 만한 것은 따로 없다. 그럼에도 「민달팽이」가 시적으로 주목할 만한 작품이 아닐 수 없음은 종장에 해당하는 제5~7행이 있기 때문이다. 이 부분은 이 시를 단순한 일상의 삶에 대한 기록의 차원에 머무는 것이 아닌 그 무언가로 만드는데, 이는 특별한 시적 기교에 따른 것도 아니고 시적 진술의 비범함에 따른 것도 아니다. 다만 시인이 예사롭게 던지는 것처럼 보이는 눈길에 포착된 일상의 정경이 예사롭지 않음에 따른 것이다. 기승전결의 시적 구조에서 전(轉)에 해당하는 종장의 앞부분에서 시인은 이렇게 말한다.

"풋감이 뚝 떨어진다." '풋감이 뚝 떨어지다'니? 추측건대, 시인에게 그늘을 제공한 나무는 풋감이 열린 감나무이리라. 감이 다 익기 전에 나무에서 떨어지는 일이야 다반사이겠지만, 하필이면 이삿짐 꾸리기에 지쳐 쉬는 시인의 눈앞에서 이런 일이 일어난 것일까. 아마도 시인에게 이는 예사롭게 보이지 않았을 것이다. '오르기만 하는 집값'으로 인해 시름에 잠겼던 시인의 눈앞에 '떨어지는 것'도 있음을 "풋감"이 보여주었기 때문 아닐까. 물론 '집값이 오르다'의 '오르다'와 '풋감이 떨어지다'의 '떨어지다'는 축자적 차원에서 정확하게 대비되는 의미가 담긴 표현은 아니다. 하지만 시적 차원에서 보면 이는 얼마든지 대비 가능한 표현으로, 인간 세상에서 오르는 것이 있으면 떨어지는 것도 있음을 암시하는 것은 아닐지?

동일한 차원의 대비가 종장의 뒷부분에서도 이루어지는데, 이는 바로 "민달팽이"의 등장에 따른 것이다. 민달팽이란 껍데기가 없는 달팽이다. 사람들의 경우와 비교하면, 집이 없는 달팽이다. 물론 달팽이의 껍데기와 인간의 집은 정확하게 대비되는 것은 아니다. 갑각류의 껍데기는 엄밀하게 보아 집이 아니라 인간의 피부에 해당하는 보호막일 뿐이기 때문이다. 그럼에도 여전히 우리는 달팽이의 껍데기를 달팽이의 집이라고 말하곤 한다. 그처럼 비유적 차원에서 달팽이의 껍데기는 달팽이의 집일 수도 있는 것이다. 문제는 그와 같은 집을 따로 갖고 있지 않은 달팽이가 있고, 떨어진 풋감을 향하던 시인의 눈길에 바로 이 민달팽이가 띄었던 것이다. 집이 있어야 삶이 삶다워지는 인간과 달리 자연에는 저 민달팽이처럼 집이 없어도 아무 문제 없이 살아가는 생명체도 있는 것이다! 혹시 집을 구하고 이삿짐 꾸리기에 지친 시인의 마음에 민달팽이는 부럽고 경이로운 존재로 비치지 않았을지?

'오르다'와 '떨어지다' 사이의 대비뿐만 아니라 집을 찾아 이사하는 시인과 집이 없어도 잘 사는 민달팽이 사이의 대비도 시 읽기의 재미를 더해주지만, 이 시의 시적 진술은 이것만으로 전부가 아니다. 놀랍게도, 시인의 눈길에 잡힌 민달팽이는 "뿔"을 "세운다." 이때의 "뿔"은 물론 뿔이 아니라 더듬이를 말한다. 뿔이든 더듬이든 이를 세우는 것은 비유적으로 말해 '올리는 것'이 아니겠는가. 그렇게 보면, 이 짤막한 단시조 안에서 시인은 '집값이 오르다 → 풋감이 떨어지다 → 민달팽이가 뿔을 세워 위로 올리다'라는 역동적인 의미망을 담고 있다. 즉, 오르면 떨어지는 것도 있고, 떨어지면 다시 오르는 것이 있다. 세상은 이처럼 일종의 순환 구조 속에서 시간을 따라 진행되는 것이다. 어찌 오르기만 하는 집값이 세상사의 전부이겠는가. 집값도 언젠가는 풋감처럼 떨어졌다가 민달팽이의 "뿔"처럼 다시 오르겠지. 아마도 시인은 민달팽이의 "뿔"이 '일어서는 것'을 보고는 다시 몸을 '일으켜 세워' 이삿짐 꾸리는 일로 되돌아갔으리라.

거듭 말하지만, 일상의 삶에서 마주하는 소소한 일이나 사물 또는 생명체가 시인에게 예사롭지 않은 시 창작의 적극적 계기로 된 예들이 이번 시집 『버릴까』를 풍요롭게 수놓고 있다. 이를 일일이 검토하기에는 지면이 충분치 않지만, 그럼에도 일상의 풍경에 눈길을 주는 동시에 어린 시절에 대한 기억을 되살리는 시인의 모습이 담긴 다음과 같은 작품을 논의 대상에서 제외할 수는 없다.

> 우리네 앞집은 발간 함석 지붕이다
> 돌담 울타리로 바람 솔솔 드나들고
> 처마 밑 시래기 묶음 노릇노릇 마르고 있다
>
> 무청하면 내 유년, 집토끼 서너 마리
> 상자로 집 만들고 무청을 엮어두어
> 겨우내 나들이 없이 토끼들 잘 자랐다
>
> 요 며칠 앞집에는 애들 소리 들렸다
> 딸인지 며느린지 분주히 오간 사이
> 할머니 앞니 빠진 듯 처마 밑이 훤하다
>
> ──「시래기」 전문

세 수로 이루어진 연시조인 이 작품의 소재는 "시래기"다. 시래기란 "무청이나 배춧잎을 말린 것"(인터넷 표준국어대사전)으로, 대체로 무나 배추를 다듬고 남은 잎과 줄기를 그 재료로 삼는다. 즉, 일종의 '재활용 식품'에 해당하는 서민의 식품이 시래기다. 시의 첫째 수에서 시인은 서민의 식품인 이 시래기─그것도, "바람 솔솔 드나"드는 "돌담 울타리" 너머 "발간 함석지붕"의 "우리네 앞집" "처마 밑"에서 "노릇노릇 마르고 있"는 "시래기 묶음"─에 눈길을 준다. 시래기에 눈길을 주던 시인은 "유년"

의 기억을 떠올린다. 둘째 수가 전하듯, 시인은 어린 시절에 "집 토끼 서너 마리"를 위해 "상자로 집 만들고," "무청을 엮어"두었다가 "겨우내" 토끼들의 먹이로 삼았던 것이다. 토끼들이 "나들이 없이"도 무청을 먹고 "잘 자랐[던]" 것까지 시인은 기억에 떠올린다. 셋째 수에서 시인은 "요 며칠 앞집에는 애들 소리 들렸[음]"을, "딸인지 며느린지 분주히 오[갔음]"을 말하고, 그러는 사이 "할머니 앞니 빠진 듯 처마 밑이 휜[함]"에 다시 눈길을 준다. 추측건대, 요 며칠 다녀간 딸인지 며느리인지에게 앞집의 주인 ─시의 내용으로 보아, 할머니─가 말린 시래기 묶음을 준 것이다. 딸 또는 며느리인지에게 시래기마저 챙겨주는 서민의 훈훈한 삶의 정경이 그림을 보듯 생생하다.

이 시에서는 다양한 이미지의 병치를 일별할 수 있다. 먼저 "시래기 묶음[이] 노릇노릇 마르고" 있었지만 이제 "처마 밑"이 "휜"해진 "우리네 앞집"과 그 집의 주인일 법한 "앞니 빠진" 할머니 사이에 병치가, 이어서 시인이 유년 시절에 기르던 토끼들과 애들을 데리고 "우리네 앞집"의 할머니를 찾은 딸 또는 며느리 사이에 병치가 짚인다. 아울러, 토끼들을 먹이던 유년 시절의 시인과 딸인지 며느리인지에게 시래기를 챙겨주는 할머니 사이의 병치가 짚이기도 한다. 이 모든 시적 배려가 우리에게 전하는 바는 무엇보다 할머니의 마음과 하나가 된 시인의 마음─즉, 할머니의 딸이나 며느리가 잘 살고 손주들도 잘 자라기 바라는 시인의 마음─이리라. 이와 함께 우리가 염두에 두어야 할 것은 시인의 유년 시절에 시래기를 먹고 토끼들이 잘 자랐다는 사실

이다. 이는 할머니의 딸이나 며느리가 잘 살고 손주들도 잘 자라리라는 시인의 확신까지 암시하는 것일 수 있다. 참으로 소소한 일상의 소재에서 삶의 소중한 의미와 순간을 감지하는 시인의 시적 감수성이 예사롭지 않다.

앞서 일별했듯, 홍성운 시인의 이번 시집에는 시대와 현실에 대한 상처와 아픔을 전하는 작품도 적지 않은데, 여기서도 많은 경우 일상의 소소한 사물이나 생명체가 시적 화두가 되고 있다. '살아서 천년 죽어서 천년'의 나무로 일컬어지는 주목을 화두로 삼아 환경 문제와 관련하여 시인의 문제의식을 드러내는 작품인 「수목장」이 그 예다.

> 30년 된 마당 주목, 오늘 화장했다
> 붉디붉은 속살에서 나이를 가늠하며
> 사리를 찾을까 하다 그냥 멈추었다
>
> 백두대간 사내를 뜬금없이 하산시켜
> 치솟는 성깔을 죄다 둥글려놓고
> 금속성 가위 소리도 이냥저냥 견디랬다
>
> 살아 천년 죽어 천년, 그러게 요절이다
> 신은 공평하다 외치는 나무들 앞에
> 불잉걸 내밀어본다 한 줌 재를 뿌린다
>
> ── 「수목장」 전문

'하나뿐인 지구'라는 명제 아래 인간의 자연 훼손과 환경오염을 비판하고 경계하는 일은 이미 오래전부터 이어져왔다. 그럼에도 많은 인간이 의식조차 하지 못한 채 환경을 오염시키기도 하고 자연을 훼손하기도 한다. 아마도 산이나 들에서 잘 자라고 있던 풀이나 나무를 뽑아다가 화분이나 정원에 옮겨 심고 관상용으로 즐기는 사람들이 이에 속할 것이다. 그들은 자연 훼손이라는 범죄를 저지르고도 이를 죄로 의식하지 않는다. 위의 작품에서 시인이 문제 삼는 것은 바로 그런 종류의 사람들이다.

세 수로 이루어진 연시조인 이 작품의 첫째 수에서 시인은 "30년 된 마당 주목"을 "오늘 화장[했음]"을 밝히는 것으로 시를 시작한다. 이어지는 진술을 통해, 시인은 "마당"을 지킨 지는 "30년"밖에 안 되지만 "붉디붉은 속살에서 나이를 가늠[했다]"든가 "사리를 찾을까" 했다는 진술을 통해 상당히 나이가 든 주목일 것으로 시인 자신이 짐작하고 있음을 암시한다. 아무튼, 무슨 일로 인해 주목이 죽어 화장을 당해야 할 처지에 이르게 된 것일까. 둘째 수는 이에 대한 설명에 해당하는데, 인간이 "백두대간 사내"와도 같이 활기차고 느름한 야생의 나무였던 주목을 "뜬금없이" 산 아래로 강제로 끌어내렸던 것이다. 그런 다음에 자신의 취향에 맞는 나무를 만들기 위해 묶어놓고 자르고 다듬는 등 온갖 횡포를 다했을 것이다. 이 와중에 "주목"은 생명력을 잃고 마침내 죽음에 이르게 된 것이리라.

셋째 수에서 시인은 주목의 이 같은 죽음을 "요절"로 규정한다. "살아 천년 죽어 천년"이라는 주목의 "요절"은 인간의 자기중심주의에 따른 것이다. 자기중심주의에 젖어 있는 인간을 향해 시인이 던지는 비판의 목소리는 크지 않다. 다만 "그러게 요절이다"라는 간명한 말이 전부다. 하지만 간명한 만큼 힘과 깊이가 감지되지 않는가. 민주주의 시대임을 대변하기라도 하듯 "신은 공평하다 외치는 나무들"도 있을 것이다. 아니, 그런 사람들도 있을 것이다. 그런 사람들에게 그들이 "요절"에 이르게 한 주목의 "불잉걸"을 "내밀어"보고 "한 줌 재"를 뿌려보라. 주목을 애꿎은 죽음으로 몰아가고도 주목의 "불잉걸"과 "한 줌 재" 앞에서 죄의식을 느끼지 않는다면, 그가 어찌 '하나뿐인 지구'를 외칠 자격이 있는 인간일 수 있겠는가.

전(轉), "몸과 마음의 집"과 마주하여

앞서 우리는 「버릴까」라는 작품을 통해 낡은 지갑을 놓고 상념에 잠기는 시인과 만난 바 있다. 시인은 때로 '새것'을 놓고서 상념에 잠기기도 하는데, 어느 날 아내가 사다 씌워주는 모자가 시적 상념의 계기가 되기도 한다.

장미꽃 한창 필 쯤 아내가 내민 선물
내리꽂는 햇살에 주눅 들지 말라며
한지 향 올올이 배인 모자를 씌워줍니다

그에 언뜻 떠오르는 안데스 산맥 사람들
남녀 모두 나들이엔 중절모를 쓴다는데
햇빛을 가리기보단 그들의 복식이겠죠

몇 살이면 중절모가 어색하지 않을까요
가만히 손을 얹어 거울 앞에 서봅니다
빙그레, 소싯적 아버지, 저를 보고 있습니다
　　　　　　　　　—「아버지의 중절모」 전문

세 수로 이루어진 연시조인 이 작품의 첫째 수에서 시인은 자신에게 새로 모자가 생긴 연유를 전한다. "장미꽃 한창 필 무렵"이라면 여름이 시작되는 오뉴월이리라. 햇살이 강해지는 본격적인 여름을 대비하여 시인의 아내가 그에게 "중절모"를 선물한 것이다. "내리꽂는 햇살에 주눅 들지 말라며." 실제로 시인의 아내가 그렇게 말한 것일까, 아니면 시인의 시적 각색에 따른 것일까. 이에 대한 답이 무엇이든, "한지(韓紙)"의 "향"이 "올올이 배인 모자"를 사다가 남편의 머리에 씌워 주는 아내의 배려와 따뜻한 마음이 정겹기만 하다.

아내가 중절모를 사다가 씌워주었을 때 시인은 멋쩍었으리라. 중절모를 쓰는 일은 이미 우리 시대의 관행이 아니기에. 아무튼, 멋쩍음을 잊으려는 듯, 시인은 둘째 수에 이르러 아직도 중절모를 관행적으로 쓰는 문화가 있음을 기억에 떠올린다. 시인의 말대로, "안데스산맥 사람들"은 "남녀 모두 나들이엔 중절모를 쓴다." 이런 관행과 관련하여 시인은 그들이 중절모를 쓰는 이유는 "햇빛을 가리기보단 그들의 복식"일 것이라고 추측한다. 하지만 그런 복식이 정착하게 된 것은 오랜 스페인이나 포르투갈의 식민 지배의 영향에 따른 것이기도 하겠지만, 고산 지대의 햇빛과 강렬한 자외선으로부터 피부를 보호하기 위한 것이 실질적인 이유일 것이다. 즉, 시인의 아내의 말대로 "햇살에 주눅 들지 [않기]" 위한 것이다. 만일 시인이 이를 알면서도 "복식"을 들먹였다면, 그 이유는 요즈음 우리에게는 중절모를 쓰는 것이 관행이 아니라는 데서 오는 어색함과 멋쩍음 때문이었으리라. 그러면서도 아내의 따뜻한 배려를 쉽게 물리치지 못한 채 머뭇거리는 시인의 마음이 바로 이 둘째 수에서 은연중에 짚이지 않은가.

셋째 수에 이르러 시인은 계속 멋쩍어하는 마음을 드러낸다. 사실 요즈음에도 노년층에는 옛날의 관행에 따라 중절모를 쓰는 사람들도 있다. 그리고 그런 관행이 어색하지 않게 받아들여지기도 한다. 그리하여 시인은 이렇게 묻는다. "몇 살이면 중절모가 어색하지 않을까요." 곧이어 "가만히 손을 얹어 거울 앞에서"본다. 중절모를 쓴 자신의 모습을 거울에 비췄을 때 그가 확인한 것은 "소싯적 아버지"의 영상―그것도, "빙그레" 웃는 모습까지 그대로인 아버지의 영상―이다. 시인의 전언에 따르면 시인의 아버지는 오래전에 세상을 떠나셨다고 하는데, 기억 저편을 차지하고 있던 아버지의 영상이 중절모를 쓴 자신의 모습을 통해 뜻하지 않은 순간에 되살아난 것이다. 거울에 비친 자신의 모습에서 아버지의 영상을 확인하는 시인의 마음은 어떠했을까. 문득 돌아가신 아버지에 대한 그리움에 마음이 먹먹해지지는 않았을지?

어떻게 해서 아버지의 영상과 마주하게 되었던가를 전하는 시 「아버지의 중절모」의 어투는 여느 작품에서와 달리 경어체(敬

語體)로 되어 있다. '이다'와 같이 중립적인 서술체(敍述體)가 아니라 누군가 손윗사람에게 이야기를 하듯 '입니다'와 같은 경어체가 동원되고 있는 것이다. 이처럼 이 시의 어투가 여느 시와 다른 이유는 무엇일까. 혹시 시인이 이 시를 쓰면서 자신의 아버지에게 말을 건네고 있는 것으로 상상하고 있는 것은 아닐지? 중절모를 쓴 자신의 모습에서 아버지의 영상을 보고, 새삼스럽게 기억 속에 떠오른 아버지가 시를 쓰는 시인의 의식 속에서나마 시인과 마주하고 계셨던 것은 아닐지?

요컨대, 아내가 사 온 중절모가 계기가 되었지만, 「아버지의 중절모」는 시인의 아버지―곧이어 검토할 작품인 「어머니의 등불」에서 시인이 말하는 "내 몸과 마음의 집"이라고 할 수 있는 부모님 가운데 한 분―에 관한 시다. 사실 뜻하지 않은 자리에서 뜻하지 않은 일이 계기가 되어 우리는 종종 지금은 곁에 없는 누군가를 떠올리기도 하고 추억에 잠기기도 한다. 만일 「아버지의 중절모」가 독자에게 깊은 울림을 준다면, 이는 바로 우리 모두가 경험하면서도 굳이 의식치 않거나 쉽게 잊는 일상의 한순간을 시인이 예민하고 섬세하게 포착하여 시화하고 있기 때문일 것이다.

기억 저편에 있던 아버지의 영상과 뜻하지 않게 마주하게 된 사연을 전하는 시 「아버지의 중절모」에 이어, 우리는 어머니에 대한 시인의 마음이 생생하게 짚이는 작품 「어머니의 등불」에 눈길을 주지 않을 수 없다. 이 시에 따르면, 어머니는 살아 계시지만 바깥 거동이 어려울 정도로 연로하시다.

내가 할 수 있다면 5촉광을 발하여
구순 어머니가 온종일 머무는 방
눈높이 벽면을 세내
전구로 앉고 싶다

어머니는 나날이 거동을 줄이시고
말문을 닫았는지 방에 누워 계셔
이따금 꿈속에 들어
갈걷이를 하시나 보다

낮이나 밤이나 수면등을 켜두신다
밝음과 어둠 사이 경계를 지우고
이승의 낮은 불빛을
붙잡고 싶음이다

내 몸과 마음의 집, 어머니 어머니
귀뚜라미 소리에도 깍지가 여무는 밤
내 맘은 알전구 불빛
텃밭을 훑고 있다

— 「어머니의 등불」 전문

　모두 네 수로 이루어진 연시조 작품 「어머니의 등불」에서 "온
종일" "방에 누워 계신" "구순(九旬)"의 어머니에 향한 곡진한 사
랑과 안타까움의 마음을 숨김없이 드러내고 있다. 그처럼 '숨김
없이' 드러내고 있지만, 이 시에서는 감상(感傷)이 짙이지 않는
다. 일반적으로 우리가 속마음을, 그것도 안타깝거나 슬픈 마음
을 '숨김없이' 드러낼 때, 우리의 말과 말투는 감상에 젖기 쉽다.

이는 일상의 차원을 넘어선 시의 차원에서도 예외가 아니다. 조심스러운 시적 형상화를 거친 작품에서도 우리는 때로 감상이 시의 완성도를 떨어뜨리는 경우가 있음을 자주 목도하지 않는가. 그런 사정에 비춰볼 때,「어머니의 등불」은 실로 예사로운 작품이 아니다. 이 시가 그처럼 감상의 차원을 뛰어넘어 깊은 시적 울림을 간직하게 된 이유는 무엇일까. 나의 소박한 판단으로는 감상의 개입을 차단하는 무언가가 있기 때문이다. 그것이 무엇일까. 그것은 혹시 "불빛"이 아닐지? 이를 동원함으로써, 시인은 자신의 시적 고백이 자칫 감상에 젖을 수도 있는 것을 수사적(修辭的)으로든 의미론적(意味論的)으로든 막고 있는 것 아닐지? 아무튼, 첫째 수에서 시인은 자신의 속마음을 이렇게 전한다. "내가 할 수 있다면 5촉광을 발하여/구순 어머니가 온종일 머무는 방/눈높이 벽면을 세내/전구로 앉고 싶다." 추측건대, 온종일 방에 누워만 계신 "구순 어머니"는 눈도 귀도 정신도 다 어두울 것이다. 그런 어머니에게 "5촉광"의 "전구"가 되고 싶다니! 이는 이제 감각과 정신이 어두워진 어머니에게 옛날의 총기(聰氣)를 어떻게 해서든 되살려드리고 싶다는 충정을 암시하는 것이리라.

둘째 수에서 시인은 "나날이 거동을 줄이시고/말문을 닫았는지 방에 누워 계"신 어머니의 마음속으로 들어간다. 언제나 바지런하게 자신이 해야 할 일에 충실하던 분이 시인의 어머니 아니었겠는가. 아마도 우리는 여기서 우리가 흔히 말하는 억세다 할 정도로 삶에 철저한 제주도의 여인상을 떠올릴 법도 하다.

아는 사람은 다 알겠지만, 홍성운 시인은 제주도에서 태어나서 여일하게 제주도를 지키는 토박이 제주도 사람이다. 제주도의 여인이라면 다 그러하듯, 시인이 보아온 어머니는 언제나 자신이 해야 할 일을 손과 마음에서 놓지 않던 분이리라. 그런 어머니의 모습이 시인의 상상 속에서 이렇게 그 모습을 드러낸다. "이따금 꿈속에 들어/갈걷이를 하시나 보다." 추측건대, 이 시가 창작된 것은 "갈걷이"가 한창인 가을 어느 때였으리라. 때맞춰 자신이 해야 할 일을 잊지 못하고 계실 어머니의 마음을 짚어보면서, 시인은 꿈속에서나마 어머니가 "갈걷이"를 하실 수 있도록 주위를 밝혀주는 불빛이, 희미하게나마 밝혀주는 불빛이 되기 바란다.

사실 시인이 어머니에게 "5촉광"의 희미한 "전구"라도 되어드리고 싶다는 마음을 갖게 된 것은 무엇보다 어머니가 "낮이나 밤이나 수면등을 켜두[시기]" 때문일 것이다. 그 이유에 대해 시인의 생각은 이렇게 이어진다. "밝음과 어둠 사이 경계를 지우고/이승의 낮은 불빛을/붙잡고 싶음이다." 삶을 '빛'으로, 죽음을 '어둠'으로 이해하는 경향은 세계 어디에나 보편화되어 있거니와, "이승의 낮은 불빛을/붙잡고 싶음"은 누구나 느낄 법한 삶에의 의지를 암시하는 것일 수도 있으리라. 하지만 그렇게 이해하기보다는 다른 각도의 이해가 더 자연스럽지 않을지? 즉, 이보다 소소하지만 그럼에도 소중한 것을 위해 어머니는 "이승의 낮은 불빛을/붙잡고 싶"은 것이 아닐지? 예컨대, 뜨는 해에 맞춰 해야 할 밭일이든 또는 자식들의 등교 시간에 늦지 않게 밥을

120

해 먹이고 뒷바라지하는 일이든 일상의 일에 소홀하지 않으려 했을 때의 마음이 여전히 어머니에게 "이승의 낮은 불빛"을 멀리하지 못하게 했던 것은 아닐지? 요컨대, 이제까지 살아온 소소하지만 소소하기에 더욱 소중한 일상의 삶에서 조금도 긴장을 늦추지 않으려 했을 때의 마음을 여전히 잃을 수 없기 때문이 아닐지?

어찌 시인이나 이 시를 접하는 우리가 그런 어머니의 마음을 어찌 잊을 수 있으랴. 시의 맥락에서 떼어놓고 보면, "내 몸과 마음의 집, 어머니 어머니"는 작위적(作爲的)인 언사로 느껴질 수도 있으리라. 하지만 셋째 수의 의미를 곱씹다 보면 이는 결코 작위적(作爲的)인 것이 아니라 자연스럽게 누구나의 입에서 터져나올 법한 언사로 받아들여지게 될 것이다. 요컨대, 넷째 수의 초장이 담지하고 있는 시적 울림은 쉽게 헤아리기 어려울 만큼 깊고도 깊다. 아마도 이렇게 마음속으로 어머니를 부른 사람이라면 누구나 시인이 그러하듯 어느 사이엔가 마음으로나마 "알전구 불빛"이 되지 않을 수 없으리라. 그리고 "귀뚜라미 소리에도 깍지가 여무는 밤"에 어머니를 대신하여 "텃밭을 훑[지]" 않을 수 없으리라.

홍성운 시인에 따르면, 시를 읽는 독자 가운데 한 사람인 나의 마음과 의식까지도 "불빛"으로 일깨우는 시 「어머니의 등불」은 시인의 어머니가 아버지의 곁으로 떠나기 몇 달 전에 쓴 작품이라고 한다. 이제 어머니가 세상을 떠나셨으니, 시인은 어머니에게 "5촉광"의 희미한 "전구"조차 될 수 없게 되었다. 어찌 조

121

선시대의 시조시인 정철의 다음과 같은 시가 우리 모두에게 새롭게 다가오지 않을 수 있겠는가. "어버이 사라신제 섬길 일란 다ᄒ여라/디나간 휘면 애닯다 엇디 ᄒ리/평ᄅᆞ애 고텨 못홀 일이 잇쑨인가 ᄒ노라."

결(結), 시와 마주하여 또는 시를 찾아서

이제 우리의 논의를 마무리할 때가 되었다. 하지만 홍성운 시인의 시집 『버릴까』에는 아직 응분의 주목을 받지 못한 일군의 작품이 있다. 이는 시의 정체와 역할에 대한 시인의 탐구가 짚이는 작품들로, 사실 이에 대한 검토를 이제까지 미룬 것은 홍성운 시인의 이번 시집 『버릴까』에 대한 논의를 마무리하는 자리를 위해서다. 우선 시의 정체에 대한 시인의 탐구를 살펴보기로 하자.

> 길들여도 얼러도 야생인 수지니다
> 던지면 되돌아오는 원주민의 부메랑이다
> 뽀로통 돌아앉았다가 먼저 웃는 내 아내다
> ― 「시(詩)」 전문

단시조 형식의 이 작품은 시에 대한 홍성운 시인의 이해를 간명하게 요약하고 있다. 그가 이해한 바에 따르면, 시란 무엇보다 "길들여도 얼러도 야생인 수지니"와 같은 것이다. '수지니'란 "사람의 손으로 길들인 매나 새매"(인터넷 표준국어대사전)를 말하

122

는데, 이 작품의 초장을 통해 시인은 시를 길들이거나 어르기가 얼마나 힘든 대상인가를 말한다. 이어서 시는 "던지면 되돌아오는 원주민의 부메랑"에 비유되기도 하는데, 시란 무언가 '나' 아닌 대상에 대한 이해와 성찰로 출발하지만 필연적으로 자신에 대한 이해와 성찰로 귀착된다는 점에서 부메랑과 같은 것일 수 있다. 홍성운 시인의 시에서 일상사의 현장에서 만나는 사물이나 생명체 또는 타인에 대한 이해와 성찰은 마침내 인간에 대한 성찰 또는 자신에 대한 성찰과 이해로 귀결되고 있지 않은가. 사실 부메랑이 의미하는 바에 대한 논의는 이상으로 만족하기 어려운데, 부메랑이 비유하는 바는 무궁무진할 수 있기 때문이다. 아무튼, 끝으로 시인은 시를 "뾰로통 돌아앉았다가 먼저 웃는 내 아내"에 비유하기도 하는데, 아마도 시인이 시와 헤어질 수 없음은 바로 이 때문이리라.

시가 무엇에 비유될 수 있든, 시인은 다음 시에서 확인할 수 있듯 시에게 자신이 바라는 것이 무엇인지를 구체적으로 드러내기도 한다.

정말이지 시란 막걸리 아닌가 싶어
한두 잔 들이켜면 그냥 포만하고
적당히 취기가 올라
갈증을 풀어주는

그런 시 어디 없을까 콩나물 해장국 같은
간밤의 쓰린 속을 시원히 달래주고

매콤한 그 맛 하나로
다시 또 찾게 되는

그런 시 어디 없을까 수박 화채 같은 시
한여름 읊조리면 얼음이 동동 뜨고
팽팽한 세간의 틈에
계류를 흘려내는

—「그런 시 어디 없을까」 전문

　요컨대, 시란 "한두 잔 들이키면 그냥 포만하고/적당히 취기
가 올라/갈증을 풀어주는" "막걸리"와 같은 것, "간밤의 쓰린 속
을 시원히 달래주고/매콤한 그 맛 하나로/다시 또 찾게 되는"
"콩나물 해장국"과 같은 것, 그리고 "한여름 읊조리면 얼음이 동
동 뜨고/팽팽한 세간의 틈에/계류를 흘려내는" "수박 화채"와 같
은 것이기를 시인은 바란다. 어찌 보면, 홍성운 시인에게 시적
여정이란 그와 같은 시를 찾아 헤매는 과정일 수도 있으리라.
앞서 나는 시의 정체와 역할을 놓고 생각에 잠긴 시인의 마음이
짚이는 작품의 압력 때문인지 몰라도 넷째 묶음의 시 가운데 태
반이 시에 대한 탐구의 과정으로 읽히기도 한다고 말한 바 있는
데, 이는 다음과 같은 이유에서다. 예컨대, 「관탈섬」에서는 누구
든 "철"들게 하는 "관탈섬"과도 같은 시를, 「장마」에서는 "적시고"
"깨우고" "밝히"는 "장마"와도 같은 시를, 「입추」에서는 "까치"의
울음소리와 "매미 소리"뿐만 아니라 "나그네 바람"과 "벌레악단"
과 함께하도록 하는 "입추"와도 같은 시를, 「풀도 아프다」에서는

"풀들"의 "통점"을 이해하는 "의사"와도 같은 시를 찾는 시인의 마음이 읽힌다. 어디 그뿐이랴. 「차마고도」에서는 "성과 속 경계를 지우는/금줄 같은 설산의 길"과 같은 시를, 「가창오리 겨울나기」에서는 "마음 비워 가벼운" "십수만 가창오리"와 같은 시를 찾아 헤매는 시인의 긴 여정이 짚이기도 한다.

바라건대, 홍성운 시인이 시를 찾아 삶의 현장 여기저기를 기웃거리든, 멀고도 긴 여정을 따라 헤매든, 그가 찾는 시─아니, 시조─가 야성을 버리지 못하지만 그래도 주인을 찾는 "수지니"처럼, 언제나 던진 사람에게 돌아오는 "부메랑"처럼, 그를 항상 찾기를! 그리고 무엇보다 그가 자신의 작품 여기저기에 등장하는 그의 "아내"처럼, 그와 항상 함께하기를!

張敬烈 | 서울대 영문과 명예교수

푸른사상 시선

푸른사상 시선 96

버릴까